거미백합

거미백합

강문출 시집

시인의 말

창틀에 매달려 바동대던
물방울
떨어진다.

눈 한번 깜빡임의
생.

어디서 와서
어디로 가는 것일까?

찰나 아닌 것 없다.
그동안 빚진 새나 꽃을 위해

이제
새장의 문을 열고
꽃에는 밀랍 날개를 달아주어야겠다.

차 례

제1부

제2부

제3부

제4부

제1부

거미백합

처음 봤을 때 포켓몬의 식스테일이 떠올랐어요

여섯 개의 희고 긴 꽃잎에 혼이 나갔거든요

저 꽃을 오래전부터 좋아했다는 증거처럼요

벌 · 나비 윙윙대지만 그게 무슨 상관이겠어요

여름날 뭉게구름을 탄 기분이었으니까요

꼬리가 여섯 자란 구미호를 생각했어요

자태가 이국적이라 속뜻을 모를 때가 가끔 있었고요

꽃은 해마다 새로 피지만 나는 늘 처음에 머물러 있어요

오랜 진행형은 활력도 되지만 갈수록 버거워요

꽃은 날마다 사랑을 생활하고 나는 늘 사랑을 공부해요

아직은

내 생각의 방에는 여러 개의 서랍이 있다

그중 오래된 하나를 정리하다 검붉은 장미 한 송이를 보았다 모든 꽃들이

그 꽃을 중심으로 꽃병에 꽂혀 있었다

생각의 감옥인 그곳에선 모든 풍경이 간수의 뜻대로 늙어갔다

저 정물화를 걸기 위해 스스로 내 가슴에다 대못을 박았다니!

꽂을 수 없는 꽃을 꽃병에 꽂아놓고 오랫동안 바라본다

그건 슬픈 일이지만 꽃병의 꽃이 더 이상 꽃이 아니라는 걸 알았을 땐 더 슬프다

젖은 휴지를 돌돌 말아 못 자국을 감추는 내 수법을 벽은 어떻게 이해할까

서랍 속의 꽃병과 그 속에서 장미를 꺼내보는 이런 철없음이

아직은

'나'여서 나는 좋다

카페에서

그때는
조금 떨어져 앉는 것이
최선이라 생각했다

그리하면
가까이에선 보이지 않는 것들이
잘 보일 것이라 믿었다

그러나
바깥에서 안을 기웃거렸던 대부분의 경험은
차선일 때가 더 많았다

습관처럼
컵을 빙빙 돌려
커피잔의 얼음을 녹이면서

드러난 1할의 겉모습보다
유빙처럼 숨은 9할에

더 정이 가길 바랐다

문제는
거리가 아니라
머뭇거리다 얼음이 다 녹아버렸다는 것

사각지대

사이드미러 시야를 놓쳐

옆 차를 조금 긁었다

미안하다는 말보다

보험 처리라는 말이 먼저 나왔다

장례식장을 다녀오는 길이었다

마음이 흔들리는 날에는

바깥을 살펴야 할 눈길이

수시로 맘속으로 되돌아왔다

사람이나 제도나

놓치고 그르친 일에 대해 왜

변명부터 앞세우는 것일까

표정이 자신까지 속이지는 못한다

마음의 사각지대를 찾기 위해

거울을 이리저리 돌리느라 얼굴이 후끈했다

무화과 엽서

무화과를 좋아하게 되었어요
꽃을 감추고 사랑을 완성하는 비법이 알고 싶었거든요

까닭 없이 불러 온 사람보다
절규하는 사람에게 더 마음이 가는 때였어요

날긴 날았는데
간당간당 발이 바닥에 닿을 것 같은 꿈이 잦은 때였어요

해피엔딩으로 끝날 때
대개의 일들이 미담으로 바뀔 것이라 믿었던 때였어요

에둘러 말하는 사람과
긍정도 부정도 아닌 모나리자 미소는 무슨 관계일까요

저기, 뜻 모를 웃음으로 만인을 설레게 하는 그림이 있고
나는 늘 나 때문에 힘들어요

언젠가

늦도록 함께 했지만
더는 자리를 좁히지 못했다

너는 등불 나는 등잔 밑 그림자

너는 나를 가까이 앉혀두었다

거기까지

가장 먼 거리는
언제나 가장 가까운 곳에서 생겨나는 법이다

명암과 온기가
사랑의 척도라 느껴질 때 일어서야 했는데
등불이 환해서 자리를 뜰 수 없었다

언젠가 알 것이다

등잔의 그림자가 사라질 때
등불도 사라진다는 것

제 몸을 태우는 빛보다
그 빛을 떠받드는 그림자가 더 아프다는 것

저 달이 상현이었으면 좋겠다

이 새벽에 누가 창으로 날 내려다보고 있다
반달이다

얼굴이 반만 한
그래서 더 예쁜

달은
제 모습이 반달로 비취는 걸 어떻게 생각할까

고만한 거리
반쯤의 정분

이전에도 저랬고
오랜 후에도 저럴 것이다

미인에게 애인이 없을 것이라는 말은
열정이 반밖에 발기하지 않는 자들의 넋두리일까

지친 술래는

결코 숨바꼭질을 즐기는 자를 이기지 못하겠지만

너는 아느냐

그것이 네가 지구로부터 멀어지는 까닭인 것을

해마다 반걸음씩 멀어져

마침내 모두는 먼 별로 깜박이게 될 것이다

가장자리

어지간한 자국은 다 새겨지는

아무나 와서 밟는 거기

모든 파랑의 종착지

중심에서 가장 먼

습지

맨 먼저 살얼음 어는 곳

거기 부려진 건 그의 뜻이 아니나

울타리도 없는데 좀처럼 벗어나기 힘든

그가 환하게 웃는, 물러설 곳 없는 가장자리

사는 공부

내 덕을 조금 본 친구가
내가 아플 때
다음에 잘해 줄게, 했다
지금이라는 말이 목구멍까지 올라왔으나
그게 어딘데 싶어
마른침을 꿀꺽 삼켰다

내 시가 좋더라는 친구가
그 시를 어느 서점에서 읽었다고 했다
한 권 사서 마저 읽지, 말하고 싶었으나
한 편이라도 그게 어딘데 싶어
입꼬리를 살푼 올렸다

건성건성 듣다가
가로채어 제 말이나 하다가
지하철 역방향으로 몇 발짝 멀어지다가
돌아서 서로 피식 웃었다

서로 미안했던 때가 문득 떠오른 것처럼

나비에게 길을 묻다

하루살이는 애벌레로 천일을 물속에서 견디다가 간신히 지상으로 나와보니 길어야 겨우 일주일밖에 살 수 없다는 것을 알았던 것이다 그러니 그 짧은 기간이 기가 차고 말문이 막혀 먹고 싸는 것도 접고 오로지 그 한 주일 동안의 몸부림으로 사랑을 완성하고 후대를 이어야 했던 것이다 매미는 애벌레로 일곱 해를 땅속에서 견디다가 간신히 지상으로 나와보니 길어야 한 달밖에 살 수 없다는 것을 알았던 것이다 그러니 그 짧은 기간이 서러워 자지러지게 울다가 오로지 그 한 달 동안의 절규로 사랑을 완성하고 후대를 이어야 했던 것이다

한참을 따라가다 보니 힐베르트무한호텔에 닿았다
소지품은 카프카의 변신
무거웠다

아버지를 부정하며 아버지를 지참했다

맹지

길도 없고 비도 없는 뭉게구름 그늘
저기

소통 없는 사물처럼 앉은 사람의 갸웃한
그림자

비는
비는

그러다 아픈 짐승처럼 숨어드는
동굴

그 속에서 소용없는 길을 내는
그리움

불 끄려다 더 지피고 마는 몸통뿐인
술잔

새벽 4시의 설익은 버릇

덜컹거리는 문소리에 일찍 잠을 깼다

바람이
없는 손으로 문을 열려고 애쓰고 있었다

무서워서 그랬을까 외로워서 그랬을까

비가
없는 손가락으로 창을 두드리고 있었다

낯선 꿈 손님이
몇 번이나 내 잠을 흔들었다

무슨 용무가 있어 그랬을까

연둣빛에 궁궁하는 새벽 4시

보이지 않으면 없다고 생각하는

실용적 버릇이 생겼다

알지 못하는 많은 것들로 직조된 자신이
두려워서였을까

나는 갈맷빛 세상에 언제나 닿을까

내게서 풀려나지 못한 내가

창을 노크하는 일이 잦아졌다

비스듬히

야자수 그늘에 누워
사랑은 먼 데서 오고
이별은 가까이 있다는

낙서를 지우고

객사 조삼모사를 즐겨
일식 아점은 시처럼
삼식 저녁은 소설처럼

젊을 때는
지름길을 찾느라 시간을 다 써버리고

저물녘엔
에두르다 시간을 다 놓쳐버리는

풍경이나 바다에는 발도 담그지 않고
저네들의 이야기를 함부로 옮기는

처음은
내 뜻이 아니어서 애틋하고

나중은
내 맘대로 되지 않아 안타까운

아무 곳에나 나를 슬쩍 끼워놓고
독립영화 한 편이나 조작하며 웃는

인연과 연인

내가 놀이터 모래밭에다 어린 발을 심어
나무가 되었다고 말했을 때
너는 내게로 다가와 잎사귀보다 더 고운
네 손을 건네주었다

내가 해변에다 젊은 발을 심어
나무가 되었다고 말했을 때
너는 내게로 다가와 꽃보다 더 예쁜
네 입술을 내밀어주었다

이런 작은 행동이
삼손의 머리카락을 쑥쑥 자라게 했을 것이다

빚진 사람이
인연이 마치 연인인 것처럼
글빚까지 지고

이런 늙지 않는 생각을

불로초라 우기고

아니 만났으면 좋았을 것이라는 말은
안이 아닌
바깥을 그린 풍경화라 속단하는 것이다

그리하여
모든 예술은 안으로 안으로 걸어가고 있는 중이다

사랑을 드로잉하다

새를 좋아하게 된 것을 운명이라 정의한다 새는 교집합으로 말하고 나는 합집합으로 듣는다 새에게는 놀이터인 하늘이 내게는 감옥이 될 때가 있다 새는 제 안이 궁금하고 나는 내 밖이 궁금하다 괄호 밖을 지우려 했는데 그곳에 내가 있었다 현실과 이상이 충돌했지만 아무 일도 일어나지 않았다 나는 새를 가두려 하고 새는 스스로 갇힌 나를 즐긴다 이건 둘만이 아는 비밀이다 새장이 그 증거이다 만약 새장을 부순다면 새와 나는 하나가 될 수 있겠습니까? 새는 언제부턴가 나의 피조물이 되었고 나는 처음부터 새의 모르모트였다 숱하게 폐기된 꿈속에서 그 증거를 찾을 수 있다 새장은 분리된다는 이점 때문에 오랫동안 건재할 것이다 그리고 바람은 결코 즐기는 새를 어찌하지 못할 것이다 아무것에도 개의치 않고 아무것도 궁금하지 않을 때가 올 것이다 그때 사랑은 가고 사람만 남는다면

제2부

타임캡슐 속의 메모

다음 생엔 가시나무가 되고 싶어요 마지막 한 번 울음으로 사랑을 완성하는 가시나무새 울음이 궁금했거든요 새가 나무 주위를 배회하는 까닭이 가시를 벼리느라 그런다고 믿기로 했어요 이젠 견딜만해요 기다리는 데 이골이 났거든요 그러나 그리움은 아무 일도 일어나지 않고 마음에 꽉 차 있어 버거워요 야위어가는 것과 사위어가는 것이 같다는 것도 알게 되었어요 이루지 못한 사랑 또한 가시나무새라는 것도 알게 되었어요 포기하지 않는 한 희망적일 거라 웃는, 최상이 아니면 아무것도 아닐 거라 웃는 당신을 따라 나도 웃었어요 허공으로 흩어지는 웃음이 염화미소와 무슨 상관이 있겠어요 하지만 내다 버린 내생은 어디에서 찾아야 할까요

그림자를 보쌈하다

야외 풀장 입구에서 두 마리의 물뱀이 춤추고 있다 정신 없는 춤사위에도 서로 닿지 않는다 한 발짝도 나아가지 못하고 있다 숨은 무엇이 물비늘로 반짝거린다 하나가 다른 하나의 족쇄다 이건 물의 흔들림 때문이 아니라 원초적 문제다 저 발버둥이 그리움의 거리다 도저히 알 수 없는 거리를 기하학적으로 증명하고 있다 언제부터 나는 양 손잡이의 그림자만 보고 있었을까 내가 몰래 데려온 그림자가 제집으로 가기 위한 발버둥이다 그림자를 잃은 주인은 얼마나 황당할까 하지만 그림자나 나나 너무 멀리 와서 되돌아가기는 글렀다 그런데 내 그림자가 없다 대체 누가 내 그림자를 보쌈해 갔나

젠가 홀릭

밑돌을 빼서 윗돌을 괴는 것이다
무너질 때까지 가보자는 것이다

좌측에 앉은 사람이 성장을 뽑으니
우측에 앉은 사람은 분배를 뽑는다

사다리
    사
  다
리
어떻게 쓰는 게 맞는지 날마다 논쟁을 벌이고 있다

자기와 생각이 다르면
무조건 틀렸다고 돌팔매질하고 있다

사색당파가 흑백당파로 색깔이 더 단순해졌다
컬러 시대가 흑백 시대로 후퇴하고 있다

마침내 철근을 뺀 순살아파트가 생겨나도
저들은 저만 아니면 괜찮다는 듯 게임에 골몰하고 있다

낯설게 하고 다르게 하기에 목숨 건 시편들은
언제나 책장의 감옥에서 풀려나 저들을 치유할 수 있을까

꿈과 그림자

어느 날 불을 켜자 꿈이 사라졌다

순식간 사라진 어둠처럼

다시 불을 껐다

꿈은 돌아오지 않았다

그림자처럼 살아나는 그런 꿈을 갖고 싶었다

모든 꿈에는 그림자가 있다고 믿고 있었다

가정법에 함몰된 진행형은 결코 꿈을 맞이하지 못할 것이다

이루지 못한 것들에 대하여

하루는 그 일들의 종착지에 앉아 덧칠한 울음을 울고

하루는 그 일들의 기착지에 앉아 오색 빛깔 웃음을 웃고

그때마다 나는 마침표가 아니라 쉼표를 찍으려고 애썼다

어둠이 없으면 밝음도 기댈 곳이 없다

밝음에 길들여진 내가 그림자가 앉을 자리를 치워버린 것은 아닐까

새와 나목

뒤뜰 나무에서 한철을 머물던 새들이 떠나갔어요
잎들이 지는 자리로 점점 커지는 허공이
견디기 힘들었나 봐요
아니에요, 처음부터 새들은
가장 아름답고 길고 뾰족한 가시를 가진 나무를
찾으려 했나 봐요
그러니 아일랜드로 날아갔을 거예요
전설이나 이별이 슬픈 건
과거라서 그래요
아니에요, 이루지 못한 사랑이 힘들어서 그랬을 거예요
동행할 수 없는 나무는 처음부터
정류장이었을 뿐이에요
새들이 한철 와준 것만으로도
고마운 일이었지요
더 고마운 건
새들이 떠나면서 나무에게 사랑을 일깨워줬거든요
그래서 이제 나목은
무엇이든 오갈 때마다 가지를 출렁거려요

실바람만 스쳐도 흔들려요

이게 다 빈손이어서 그래요

아니에요, 나목이 빈손이 아니라 온기까지 다 주고 간

새들이 빈손이에요

지금 내가 이렇게 흔들리는 까닭은

내게 남은 네 체온 때문이에요

필사의 발견

누가 시집을 보내왔다

ㄱ에서 ㅎ까지 난수표 조합이다
매복한 어휘들이 행마다 암구호를 묻고 있다

대체 무엇을 숨겨놓았을까

그림을 그리고
필사도 해보지만 도무지 풀리지 않는다
어느 시인에게 조언을 구했더니
그냥 보이는 데까지만 읽으란다

수박 겉핥기를 하자 괜히 미안하다
이런 게으른 오독이 있나!
대체 내 시는 어떻게 읽혀지고 있는 것일까

음악을 듣다가
그림을 그리다가

창을 열었다

캄캄하고 조용한 바깥세상에서
알 수 없는
풀벌레 소리와 어렴풋한 풍경들이
때로 밀려들어 왔으나
전혀 난해하지 않았다

새에 대한 반성

오랫동안 새와 함께했다

새가 있어
어려움을 견디고
가야 할 길을 포기하지 않고 갈 수 있었다

없는 날개로
새처럼 날기 위해 애썼으나
날개 외의 방법을 찾아내진 못했다

다이달로스의 밀랍 날개로
한 키 정도만 날았으면 했다
그쯤이면 자타가 공인하는 그림이라 생각했다

몰랐다
너무 낮은 높이는 나는 것이 아니라
한 컷의 발돋움 사진에 지나지 않는다는 것을

왜
세상은 맞고 틀림이나 성공과 실패로 직조되어 있고
나는 날아야만 했을까

지금 나는
높이 날아보지 않았으므로
착륙이나 추락에는 자유로웠다

다만, 마음속에 숨겨온 새에게 미안하다

뻐꾸기 울음을 빌어와 가을을 채비하다

뻐꾸기 울음이 채 마르지 않은
구덕령 고갯마루 꽃마을

찬바람은
나비가 꽃을
꽃이 꽃대를 떠난 자리에서 시작되는 것

꽃의 사랑이나 나비의 삶은
파생 동의어인데
나비는 꽃을 모른다 하고
꽃은 나비를 잊었다 하는

꽃의 시듦과 나비의 이별은
이음동의어인데
꽃은 여름 내내 나비를 부려 먹었다 하고
나비는 그만큼 꽃을 희롱했다는
편견이 있어

저물녘 보았던 꽃과 나비의 사그라짐을
그대와 나에 빗대어
희미하게 멀어져가는
네 그림자를 그냥 내버려두는

편견이라 써놓고
사랑이라 읽어도
그다지
어색하지 않은 어느 저물녘

롬곡욮눞

밖으로 나가는 길을 몰라

개구리는 여태 우물 속에 머물렀을까

밤에는 별들이 내려와 놀다 가고

낮에는 풍경이 들어와 쉬어 가도

그는 그런 우물의 오지랖에 전혀 흔들리지 않았다

간혹 우물의 너른 품이 이해되지 않을 때도 있었고

폭우로 우물이 넘칠 때도 있었지만

사랑은 먼 데서 오는 것이라 자위하며 견뎠다

우물이 안달하지 않아도 모두가 다시 돌아오는 것처럼

그도 똑같이

가두는 방법에 골몰하고 있었던 것이다

오래도록 우물이 마르지 않은 까닭은

수많은 그들이 물구나무서서 폭풍눈물을 읽고 가기 때문이다

비꽃

5백 원짜리 성근 비꽃이 피고 있다

누가 연못에 눈물꽃을 심고 있다

물속 풍경을 멍하니

내려다보고 있다

비상보다 추락에 심취한 모습이다

뒤집힌 풍경처럼

세상이 뒤집어지길 바라는 것일까

뛰어들어 전복시키고 싶은

무엇이 있다는 뜻일까

비꽃이 수도 없이 피어나고 있다

돈벼락이 쏟아지고 있다

세상의 모든 눈물을 다 씻어주고도 남겠다

그가 일어서고 있다

추락하는 비의 비상법을 알아낸 것처럼 벌떡,

이웃

소똥구리들은 벌써 떠났고
이젠 벌들이 떠나고 있다

인간 때문에
얼마나 많은 이웃이 짐을 싸고 있을까

어디로?
지구 바깥으로?
우리가 가야 할 곳으로?

작은 한 그릇의 지구에
우리는 왜 이렇게 많은 숟가락을 들이밀고 있나

나눠 먹으라고 주신 분은 어떻게 생각하고 계실까

먼저 떠난 이웃이 그분께 울며 고할 것이다

인간만 떠난다면
지구에는 아무 일도 일어나지 않을 것이다, 라고

종이論

누구의 후생이 저리도 깨끗한가
한 획 변명도 없다

나무는 간 곳 없고
한 짓도 없으니
그들을 베고
부려 먹은 자들이 자술서를 쓰라는 뜻이다

한 줌 재로 사라질
생이
주검에서
하얀 종이로 환생한 저들에게 참회록을 쓰라는 뜻이다

꿈결에 나는
한 자도 쓰지 못하고 시험지를 엎었다

꾸밈씨 여행법

앞마당 별들은
아침이 오면 저들이 사라지는 줄도 모르고
깜박깜박
깜빡깜빡

뒤뜰 샘물은
낮은 곳을 따라 밤낮없이 되돌아올 수 없는 길을 걸어
졸졸
쫄쫄

감나무의 바람은
자신이 다시 오는 줄도 모르고 가는 내내 우듬지를 붙잡고
징징
찡찡

여윈 잠자리는
웅덩이를 낮게 날면서 연신 꼬리로 물낯을
콕콕

쿡쿡

안방의 촛불은
자신을 밝힌 이가 옆에 있는 줄도 모르고 연신
기웃기웃
끼웃끼웃

실눈의 꾸밈씨
제 아닌 것 하나 없다 싶은지 이따금 고개를
끄덕끄덕
끄떡끄떡

매미, 자지러지다

매미들이 따발총을 쏘고 있다

열 발쯤 쏘고 잠시 탄창을 갈더니 또 쏘고 있다

어떤 매미는 수십 발을 한꺼번에 쏘고 있다

죽기 살기로 밤새도록 쏘고 있다

오직 사랑 하나에 목숨을 걸었다

찬바람 나면 이 모든 일들도 조용해질 것이다

생이 짧아 저러는 것일까

며칠 전 강 상공에서 헬기가 매미처럼 울었다

사랑이 없으면 아무것도 없음을 증명하고 떠난 이가 있었다

목숨을 거는 일과 목숨을 짓는 일에 며칠 밤을 설쳤다

몰라도 되는 일과 알아야 하는 일이 갈수록 모호했다

매미 울음이 끝나면 한시름 놓을 것이라는 기대는 늘 빗나갔다

수평선

누구와의 만남도 허락하지 않는 저 깊은 눈매는
저렇게 의연하기 위해 이렇게 이어 밀려오는

울음은, 다가가면 그만큼 물러서는
부존재의 존재, 텅 빈 행간

몸이 끌고 가다 놓아버린
네 마음의 천 길

파랑을 삭이고
삭여 빚은

희푸른
칼날

맨
ㅣ

나중엔 누구나 머물 백 년의 지척

제3부

운동장에서

골문을 파고드는
축구공처럼
장벽은
저렇게 한 방에 깨부수는 것이다

끈 떨어지고
몸 허물어져
모든 것이 뜻대로 되지 않을 때
한 방의 독기가 필요한 것이다

구경은 끝났다
내가 나를 힘껏 차다오
모든 증명은
공으로
공功으로 하는 것이다

아름다운 착각

바리데기 굿판이 벌어지던 어느 초여름 밤이었습니다 엄마 손에 이끌려 이웃집에 간 나는 그때 예닐곱 살이었습니다 내다 버린 아이가 살아 돌아와 효도하는 이야기인 데다 동족상잔의 상처가 채 아물지도 않은 때라 산골 아낙들은 이내 무당에게 빠져들었습니다 원혼들의 극락왕생까지 다 보고 돌아오는 길에 엄마는 천기를 누설하는 것처럼 조용히 내 어깨에 별이 돋았다고 전해주셨습니다 무당은 어린아이가 잠도 자지 않고 똘망똘망 앉아 있는 것이 기특하기도 하고 아이까지 데려온 애 엄마가 고맙기도 해서 한마디 한 것이었는데 일자무식인 엄마는 이때를 놓치지 않고 내게 간곡하게 전해주셨던 것이었습니다 그때부터 나는 힘들 때마다 그 말에 의지하며 견뎌왔습니다 삐쩍 마른 내 청춘에 잎이 돋고 꽃이 피고 늘그막에 두어 그루 실한 나무 그늘 밑에 앉아 쉴 팔자가 된 것도 다 그 때문이었습니다

조리복

어머니는 일은 쌀이 한 조리가 다 되어 가면 중솥에 탁 엎어버리며 한마디 하셨다 네 아버지는 재산이 한 말도 아니고 한 되도 아니고 한 조리만 되면 탁 엎어버린다고 한 십 년 피땀 흘려 살만하니 나라를 구한다며 정치판에 뛰어들어 다 까먹고 또 한 십 년 생고생하여 살만하니 몽땅 팔아 도시로 이주하여 코 베이듯 탈탈 털어먹고 종내에는 그것도 모자라 딸랑 오십에 도망치듯 저세상으로 가버렸다고 한동안 잠잠하시다가 내가 고생 고생하여 사업이 좀 될 만할 때 새롭게 문학에 목을 매자 또 조리복을 들먹이셨다 내일을 걱정한 아버지는 가실 때 지장보살을 찾으셨고 지금을 사랑한 어머니는 가실 때 가까운 사람들을 찾으셨다 무식한 어머니가 유식한 아버지를 크게 한 방 먹이고 가셨다 오래 살아 있다는 유세로 나도 어머니께 한 방 먹이신다 한 조리의 성취를 싹 엎어버리지 않는다면 무슨 재미로 또 조리질을 하겠습니까

비몽사몽

꿈의 끝자락을 볼 때가 많아졌다 꿈의 기차가 잠의 터널을 빠져나오는 이른 아침 생각이라는 칸을 더 매다는 날들이 많아졌다 성공한 패권의 잔재들이 역사를 이끌어가는 것처럼 비몽사몽의 잔재들이 아침을 열어젖히고 있다 꿈속에서는 대체로 높이 날고 빨리 뛰지 못하는 징크스가 있다 좋지 않은 그림을 보지 않기 위해 거울을 외면했다 꿈의 정거장마다 타는 사람보다 내리는 사람이 더 많은 시간에 들어섰다 떠나는 사람들을 외면하는 버릇은 어머니의 유산이었다 행복은 다분히 자의적이라는 댓글을 다니 어깨가 조금 으쓱해졌다 침구를 개키듯 내게 탑승한 승객들의 점호를 취했다 큰 사고 없는 내 운전을 자찬하면서도 궤도를 벗어나지 않은 내 고루함을 은폐하기에 급급했던 것은 아니었을까 눈앞에 매달린 당근을 향해 숨 가쁘게 달리는 일이 말들만의 이야기는 아닐 것이다

분리수거하다 문득

모두를 사랑한다고 말하는 사람은
환상을 좇거나
아무도 사랑하지 않는 사람이다

외출을 위해 옷장을 열었더니
입지도 않는 여벌의 옷이
먼저 눈에 들어왔다

그날 버릇처럼 손을 호주머니 속에 넣고 걷다가
무심히 흔드는 네 손에
내 눈길이 가 있는 것을 느꼈다

식당에서 고기 맛에 대한 찬사보다
안 입는 옷은 버린다는
네 말에 더 마음이 쏠렸다

내가 사랑의 유통기한을 떠올리는 동안에도
너는 내게

패배나 폐기에 익숙해지는 법을 가르치고 있지는 않았을까

네가 나를 지워버릴까 봐 두렵다는 생각은
언제나 진행형이고
내가 먼저 너를 지워버리려 했던 생각은
언제나 과거형이었다

누가
내가 숨 쉬고 꿈꾸는 것을 통제하고 있는 것일까

포커페이스

새를 잡으러 개울로 갔다
징검돌이 없어 앉지도 못했다

누가 내 의자를 빼버렸을까

풍경을 둘둘 말아 물속에 집어넣자
금세 좌우가 뒤바뀌었다

네 오른손에서 내 왼손으로
따스한 체온이 전해져왔을 때가 기억나지 않자

바뀐 세상에 대한 기대가
이내 낯선 질서에 대한 불안으로 바뀌었다

화려한 조명 아래서 춤추는 새는
아마도 제비일 것이라는 오래된 생각이 스쳐 지나갔고

금요일과 불금 사이의 나를 현상하자

반듯한 증명사진 한 장만이 유일했다

떳떳이 내보일 수 없는
은폐를 위한 가장 헐한 도구는 얼굴이다

조명 바깥의 나는

누구의 의자를 빼버렸을까

애인

빨랫줄에 널린 하얀 시스루 블라우스처럼
낮은 선율에도 왈츠 스텝을 밟을 줄 아는 여자

속이 훤히 보일 것 같은데
도저히 깊이를 가늠할 수 없는 여자

몇 방울의 비에도 금시 젖으나
작은 온기에도 금세 말라 발그레 웃는 여자

말보다 눈물이 앞서지마는
울어도 눈물이 흐르지 않는 여자

코스모스처럼 흔들려도
허공을 잡고 쓰러지지 않는 여자

천 갈래 바람이지만
불어오는 내게는 언제나 한 줄기 바람 같은 여자

아직도 내 모르는 그 무엇이 있는 것처럼

내내 새롭다 신비롭다 설레며 살게 하는 여자

이모티콘 응변

카톡,
야밤에 그가 울음을 보내왔다

절구통처럼 앉아
제 공이질을 받아내고 있는 중일까
눈물을 따라 새 길을 짓고 있는 중일까

두꺼운 어둠이 길을 말끔히 지운
새벽 2시
나는 내용도 모르면서 고작 몇 시간 후면
하얗게 잊힐 눈물의 사치를 생각하다
얼굴을 붉혔다

길이 보이지 않는다는
톡의 끝 무렵
무슨 발견이나 한 것처럼 외길을 떠올렸고
거기에선 모든 생각들이 쉽게
일렬종대로 늘어섰다

어둡고 먼 곳에 있어 간신히 자유로운 나는
눈물 항아리라 여겼으면 싶은
이모티콘 하나를 답으로 보냈다

웅변으로 생활의 등 뒤에 숨기는 쉽다
그러나 아침이 오면 또 다른 길이
나의 목을 옭아매고 흔들 것이다

별밤의 말빛

모든 별똥별들이 내게로 떨어진다

네가 내게로 처음 왔을 때

터지던 폭죽처럼

¡ ¡ ¡ ¡ ¡ ¡ ¡ ¡ ¡

¡ ¡ ¡ ¡ ¡ ¡ ¡ ¡ ¡

¡ ¡ ¡ ¡ ¡ ¡ ¡ ¡ ¡

¡ ¡ ¡ ¡ ¡ ¡ ¡ ¡ ¡

네가 내게서 떠났을 때

꺼지던 불꽃처럼

! ! ! ! ! ! ! !

! ! ! ! ! ! ! !

! ! ! ! ! ! ! !

! ! ! ! ! ! ! !

하늘캔버스나 마음에다

제멋대로 북북 그은 빗금 하나까지도

사랑이라 믿었던 그맘때도 별밤이었을 것이다

별꽃다방 돌돌 말린 백 원짜리 사주팔자를 보며 앉아
사랑은
함께 오래 같은 방향을 바라보는 것*이라 했던

별밤의 말빛이여

* 생텍쥐페리 어록에서 인용.

슬픔을 잘라내는 최고의 도구가 눈물인 것처럼

일인실은 숨어 앉은 암자처럼 고요했다
핼쑥한 그의 말이
먼 풍경소리처럼 내 귀를 곤두서게 했다

병도 물과 같아서 모이면 권력이라
낮고 약한 곳부터 덮치는 거라
그러니 자네는 수시로
울음 꼭지를 열어가며 사시게
비워가며 가볍게
가볍게

마음 주머니의 글썽임을 들킨 나는
저만치 강 건너를 흘금흘금 보다 들킨 나는
큰 발견이나 한 듯 한마디 했다
아마 우리는
애초부터 물의 유전자를 갖고 태어났을 거야

어둠이 내리자

그의 손을 서너 번 더 잡다 나왔다
눈앞이 캄캄해 눈물을 훔치고 바삐 걸었다

슬픔을 잘라내는 최고의 도구가 눈물인 것처럼

질경이꽃

대학병원 심중환자실에 누워 있는 그를 봤습니다 오랜만에 가까이 앉아서 봤습니다 어릴 적 신작로 길섶에서 본 달구지 바퀴에 짓밟히고 뭇사람들 발자국에 짓밟혀 상처투성이인 질경이 같았습니다 나는 그렇게 살던 그를 길섶 안쪽으로 옮겨주고 싶었습니다만 내 힘이 모자라고 그의 삶이 벅차서 호미나 만지작만지작하다 말았습니다 내가 시들어가던 질경이 잎사귀에 손을 대자 잠시 생기가 도는데 그 작은 떨림이 천상으로 오르려는 마지막 날갯짓 같았습니다 그리고는 울음보다 더 슬픈 웃음을 지었습니다 난생처음 대엿새 쉬었다 가겠거니 하고 병원에 들렀다가 온몸이 망가진 줄도 모르고 대엿새 만에 떠날 줄도 모르고 메스가 제 몸을 헤집었는데도 괜찮다, 괜찮다 웃었습니다 푸르게 웃기 위해 억척같이 살아온 반백의 박복한 시간들이 생의 레일에서 멈춰 서려는 듯 덜컹거리기 시작하자 때 이르게 질경이꽃 하얗게 피고 나는 무력하게, 무력하게 흩날리고 있을 뿐이었습니다

K형

열대야 며칠 동안 누가 밤마다 나를 찾아와 "마, 그만하면 됐다. 마, 그만하면 됐다." 해쌓는 통에 밤새 뒤척이다가 까맣게 잊었는데 표충사에 와 상사화를 보고 이내 형을 떠올렸습니다

낯섦이나 다름에 대해 상사화 꽃과 잎만 한 비유가 어디 있겠습니까 저렇게 서로 엇갈리니 형이 좋아할 수밖에 없었겠지요 지금은 마음의 집인 몸이 허물어지니 푸른 마음은 잎 없이 흔들리는 여린 꽃이겠습니다

꽃도 잎도 다 내려놓고 한겨울을 죽은 듯이 웅크렸다 부활하는 뿌리처럼 형도 때가 되면 아무 일 없었다는 듯이 훌훌 털고 일어나겠지요 오는 여름에는 다시 붉게 물들 이 길을 꼭 함께 걸어보고 싶습니다

조화를 갈아 꽂으며

일 년에 단
하루를 피었다 시들더라도
생화가 되고 싶습니다 삼백예순날
조화처럼 꽂혀 있기는 싫습니다 향기도 시듦도
없이 꽂혀 있을 바에야 차라리 빗돌이 되겠습니다

술 한 잔
부어놓고
소원 두엇
슬쩍 얹어

모시 바구니 머리가, 성긴 바구니가 되도록
절하고, 자식들 앞세워 해마다 맹세했지만
아버지, 제 맹세는 늘 조화 한 묶음입니다

설, 설설

설 집집이
설설 끓던 아랫목은 누가 다 치웠을까
사자嗣子들 해마다 줄어드니
유택幽宅 어른들 발 뻗고 잠들긴 다 틀렸다

설 땅이 없어
설설 기는 고우故友들
없을 유택 생각하니 말문이 막혔나
카톡, 문자 금지하면
목소리라도 살아오려나

설, 설설
빈터에서 끓어오르는
저 좋은 징조를 어쩌나
먼 곳에서 생의 바통을 이어받는
아지랑이, 아지랑이

보이지 않는 힘

꽉 막힌 편도 2차선 국도
뒤편에서 다급하게 들려오는
구급차 사이렌 소리
크고 작은 차들이 이리저리 몸을 구부리자
가운데서 모세의 기적처럼 생겨나는 길

잘 못 탑승한 벌레 한 마리
눈앞에서 다급하게 하차를 부탁하는
몸짓
속도를 줄이고 창을 열자
당연한 일처럼 날아 나가는 객

공짜 점심은 없어도
공짜 기적은 있다는 생각 지나
배춧값이 천정부지로 올라간다는 뉴스 지나
배춧값은 보이지 않는 손에 의해 결정된다는 공부 지나
배추 농사는 보이지 않는 힘에 좌우된다는 신심 지나

그곳에 닿았다

오라는 사람 없고

바삐 갈 필요도 없는 현충원 4-183

아버지,

제가 올 것을 어찌 알아 마중을 나오셨습니까?

제4부

용달

마을 모퉁이에 포터가 뒤집혀 있다

그는
오래 실어 나르던 가난을 쏟아붓고

마침내
최고의 짐인 지구를 실었다

저렇게 큰 짐을 실어놓고
대체 그는 어디로 간 것일까

오래된 농담에 등을 기대다

마지막 문병이라 생각하자
시든 꽃을 인 꽃대처럼 흔들리던 마음이
한여름 잎사귀처럼 오그라들었다

어눌한 말들은
삐뚤빼뚤 날아가는 나비였다
……

나는 비라도 내렸으면 했고
그는 말했다
나비나 꽃은 어디로 가는 것일까

함께 울고 웃었던
오래된 농담에 등을 기댄 지금의 말들은
대화가 아닌 느낌

그 느낌으로 바깥까지 어두워졌을 때
그가 아픔을 혼자 감내하려는 듯
늦게까지 머물기로 했던 나를 향해 작게 손을 흔들었다

생각 접기

생각이 한곳으로 모아져 불꽃을 일으킬 때는 사랑할 때

사방으로 흩어져 나락으로 떨어질 때는 이별한 때

한 자리를 빙빙 돈다면 그때는 그리울 때

지어낸 이야기와 비도 내리지 않는 뜬구름에다 너를 가둬 놓고 나는 자물쇠를 잃어버린 간수처럼 능글맞다 그곳에는 예전에도 수없이 많은 사람들이 이유 없이 갇혔다 나왔을 것이다 그때마다 나는 젊음이라는 간수에게 모든 책임을 떠넘겼던 것이다

생각더미 안에서 오랫동안 그리움을 희롱할 때

죽은 나무가 불에 타면서 타닥타닥 말문을 열 때

바깥의 내 등이 가려울 때

네 귀가 가려웠으면 좋겠다고 생각할 때

아무 일도 일어나지 않을 때는 겨울이고 얼마의 겨울이 더 지나고 나면 영원히 겨울일 것 같아 서둘러 없던 옛사랑을 지어내기도 했다 돌부리를 찬 것처럼 번쩍, 생각이라는 병을 앓아보지 않은 사람은 결코 자신의 한계를 뛰어넘지 못할 것이라고 썼다가 지웠다

카오락 감성

비 오는 객지에선 감성이 몇 배나 빠를까
실없는 생각에 한잔
멋쩍어 또 한잔

사방에 널린 외로움은 어떻게 요리해야 제맛이 날까
오가는 소식 없고
갈 데도 없어 또 한잔

널브러진 시간은 어떻게 쌓아야 멋진 추억의 집이 될까
잊은 생각이 다시 찾아와
깜짝 놀라 또 한잔

일방통행인 비는 어떻게 제집으로 돌아갈까
멀리 온 나보다 더 멀리 온
비를 위해 또 한잔

무시로 찾아오는 비님이 고마운지
제 속내를 비운 유리창도 흠뻑 취해 울고 있다

꿈길

두브로브니크 성문 앞 작은 요트 계류장 앞이었습니다 초보 감독이 엑스트라를 주연으로 휴대폰 소품 하나를 찍고 있었습니다 그쯤이 클라이맥스였습니다 늙은 엑스트라는 연신 NG를 냈고 그래도 젊은 감독은 화 한 번 내지 않고 찍고 또 찍고 그랬습니다 하다 안 되니 감독 스스로 배우가 되어 웃기고 웃고 그랬습니다 그 모습이 좋아 보였던지 어느 객이 뒤따라오며 다큐를 찍고 있었습니다 그러나 평생 행인 3이나 하던 엑스트라가 졸지에 두 대의 카메라 앞에 섰으니 오죽 난감했겠습니까 실은 길을 나설 때부터 길을 잃는 아들을 길을 나설 때부터 길을 찾는 아비가 박자를 맞춘다는 건 처음부터 무리였습니다 쑥스러움에 그가 기막힌 애드리브를 하나 날렸습니다

"밥 묵자"

그날 밤 그는 그의 가슴에 수십 년째 잠든 아버지를 깨워 낮 동안 걸었던 꿈만 같던 길을 베개 흩청이 젖도록 걷고 또 걸었습니다

윤슬의 노래

일터에서 풀려난 별들이
물의 평지에 앉아 소곤거리고 있네

새겨지지 않는 물의 공책에다
흘러간 노고를 애써 적으려는 안간힘이네

마음은 훤한데
따라주지 않는 육신의 숨은 떨림이네

부귀나 명예는 졸업했으나
그러지 못한 외로움의 작은 뒤채임이네

고희의 벗들이 벗들에게, 50년 지기들이 지기에게
농을 치며 서로를 감싸안는 풍경이네

날개도 없이 하늘을 높이 나는 바람처럼
날개도 없이 먼 별자리로 돌아가기 위한 몸풀기이네

허나, 윤슬의 가장 멋진 모습은

눈부심이 아니라 지금 반짝임이네

모감주나무 숲길

먼 옛날의 네 생각이 나를 그 숲길로 이끌었다
새카만 열매들만이 노란 꽃자리에 앉아 내 발걸음을 맞이했다

추억은 한쪽으로 기울어져 커 가고
아직도 옐로 리본 노래로 누군가를 기억하고 있다는 건 유치하고
나는 습관적으로 열매를 주워 염주처럼 굴리고
그 소리로 무슨 주문을 외우듯 손아귀에 힘을 넣고

클라이맥스는 어디쯤이었을까
그러다 모른 척 내일의 서랍을 열어 그곳에다 너를 집어넣는

미안하다
일방적으로 부여잡고 지금까지 버텨온 것들이 얼마나 많았던가

티타임

화단 꽃들이 뒤집어지고 있다

바람이
꽃들의 목덜미를 간질였기 때문이다

꽃잎들이
바람의 발바닥을 간질였기 때문이다

무한 반복
자길 굽힐 줄 아는

그러면서도 결코 쓰러지지 않는
어름새*

누가 창밖에서
철 지난 내 젊은 한때를 저렇게 간질이고 있나

* 어름새: 춤판에서 관객인 구경꾼을 어르는 춤사위를 말한다.

곰책

식당 농짝 한 귀퉁이에

책이 하나 괴어 있다

면이 있는 시집이다

출가한 시집이

고된 시집살이를 하고 있다

농짝이 조금 기운 걸 보니

그새 책이 쪼그라들었다

너무 없이 출가를 시켰나

욕만 잘하는 할머닌 줄 알았는데

시를 숙성시키는 솜씨가 일품이다

들킨 마음을 숨기려

셀프 커피를 마시니 밍밍하다

물을 너무 많이 부었나

내 표정을 읽고

그녀가 새로 한 잔을 타 와

씩, 건네주고 돌아선다

안팎을 다 들켜 버린

화끈한 어느 한여름이었다

바람개비

색종이로 만든 바람개비의 운명은 불어오는 바람이 아니라 뛰어가는 내 발걸음에 달려 있었고 그때 나는 바람개비를 쌩쌩 돌게 하는 것이 네 기쁨이라 생각했었다

수십 년 만에 만난 네게 나는 색종이 바람개비 첫사랑을 들먹였고 플라스틱 손풍기를 틀어놓고 앉은 너는 낡은 내 수법의 말장난에 킥킥 웃었다

발걸음으로 돌아가는 바람개비와 전동기로 돌아가는 바람개비 이야기는 일어서는 시간이 되어서야 비로소 하나의 소실점을 가졌다 형언할 수 없는 말들의 엷은 그림자처럼

그날은 내가 사랑에 갇혀 빙빙 돌다 바깥을 놓쳐버린 것을 깨달은 날이었고 마음에 담아두면 내 것인데 바깥에 드러내면 바람처럼 사라지는 것들의 뒤태를 보는 날이었다

내일은 맑음

유리창을 두드리는 비가 때아닌 장대비가
멀리 떠난 너를 내 앞으로 데려오는

무지막지 빗소리에
어느 소리 하나 들리지 않아 좌불처럼 앉았다가

골목을 헤매다가 주막을 주뼛주뼛하다가
궁극에는 너를 앉혀놓고 넋두리를 하는

어느 순간 둑이 터져
무슨 전쟁이 난 것처럼 확 쓸어버렸으면 싶은

이내 황량한 난들에 너를 앉혀놓은 것 같아 미안하고
눈앞이 캄캄하고

다 옛일이 된 것들이 편두통 그리움으로 밀려오는
살아남은 자의 슬픔*으로 내일은 맑음

* 베르톨트 브레히트(Bertolt Brecht)의 시 제목을 인용하다.

지문
— 라스트 신

간혹 엷은 미소를 짓기는 했으나 둘은 한 마디의 대화도 없었다 레일 위를 달리는 두 바퀴처럼 오래 가까웠으나 거리를 더 이상 좁히지도 못했다 어느 작은 역에서 그녀는 목례하고 내렸고 그는 붙박이 의자처럼 실려 가고 있었다 그녀가 사라진 플랫폼에선 코스모스들이 대중없이 흔들리고 있었다 그의 눈에서 살랑살랑 멀어지고 있었다 살랑에서 사랑이, 일별一瞥에서 이별이 받침 하나가 빠진 만큼 세상이 내려앉았다 그만큼의 무게를 감당하지 못해 그의 눈꺼풀이 가늘게 떨리고 있었다 이별에 사족을 달 때마다 괜한 덧칠이 되어 그의 얼굴이 세상이 빠르게 어두워지고 있었다

나무 도덕경을 읽다

나무는 날마다 기도하며 산다 수천수만 개의 귀를 열어 하늘의 말씀을 듣고 수천수만 개의 입을 벌려 노래를 부르고 수천수만 개의 손을 들어 하늘을 우러른다

나무는 오래오래 반성하며 산다 일 년 동안 고생한 수천수만의 머슴들을 내보내며 새경으로 넝마 한 벌밖에 해준 것이 없다며 한겨울 내내 우듬지 회초리로 자신을 채찍질하며 운다

나무는 날마다 청춘으로 산다 해마다 꽃 피우고 씨 뿌리며 다만 지금에 충실할 뿐이다 나무는 아무 말도 하지 않으면서 모든 것을 말하고 아무 곳에도 가지 않으면서 모든 곳을 딛고 산다

찬란하지 않은 꿈은 없다

나뭇가지에서 땅바닥으로
생의 아포리아를 건너가는 낙엽 돛배가

휘청,
니 뭐락카노, 바람에 불려서*

푸른 낮빛의 은행잎들이
되돌릴 수 없는 길목에 이르러서야 비로소
제 속내를 드러내는 것이다

노랗다
질린 것이 아니라 다음 생엔
자유로이 하늘을 나는 노란 꾀꼬리가 되고 싶은 것이다

형형색색
저 많은 잎사귀 속마음을 그 누가 헤아릴 수 있을까

낙엽들 다독이며 소낙비 한바탕 울고 간 뒤 앞산

무지개

어느 가슴속에나 찬란하지 않은 꿈은 없다

* 박목월의 시 「이별가」에서 인용하다.

春雪, 설에게

때아닌 눈이 내린다
네 이름이 네 기억이 또 나를 설레게 한다

때를 놓친 사과나 칭찬처럼
돌아보면 쉬운데 그때는 왜 그리 어려웠을까

한 컵의 공허를 지우기 위해 컵에다 눈을 가득 채웠더니
바깥 도화지 위에 하얀 네 얼굴이 꽉 차 버렸다

어디에도 내보이지 못한 마음이
미뤄둔 숙제처럼 짓누르던 마음이
젖은 종이컵처럼 느릿느릿 허물어지고 있다

봄동처럼 낮게 앉은 사람이
벽에 걸린 봄눈 액자를 가만히 바라보고 있다

술시였다
다시는 너를 떠올리지 않기로 했던 그때도 아마 이맘때였을 것이다

강문출의 시세계

순라의 연민과 자아 성찰의 미학적 일상성

배옥주

순라의 연민과 자아 성찰의 미학적 일상성

배옥주
(시인, 문학평론가)

1. 물의 유전자로 태어나는 무한의 끝방

고속도로에 멈춘 고슴도치는 촉각을 곤두세운 가시로 세상의 소리를 탐지한다. 강문출 시세계는 절체절명의 순간에 사활을 건 고슴도치와 닮아 있다. 이번 시집 『거미백합』에서는 시적 대상의 목소리를 수신하기 위해 초감각의 안테나를 곤두세운 시인의 기척이 감지된다. 강문출 시가 상주하는 각 방에선 시인이 탐색하는 물의 유전자들이 유영하고 있다. 시인은 상선약수上善若水의 순리에서 감각의 유전자를 추출해 낸 것이 분명하다. 일상의 가장자리나 사각지대에서도 유연한 물의 화법을 구사한다. 물의 유전자는 미학적 일상성의 다양한 속성들을 연민하고 성찰하는 데 일조한다.

강문출 시인의 이번 시집 『거미백합(2024, 현대시)』은 첫시집 『타래가 놀고 있다(2012, 현대시)』, 두 번째 시집 『낮은 무게 중심의 말(2017, 리토피아)』에 이은 세 번째 시집이다. 첫시집에서 회귀와 혁신의 힘겨루기(최영철)나, 낭만주의적 세계관을 뛰어넘는 절대무구의 시세계(정훈)를 지향했다면, 두 번째 시집에서는 삶에 대한 성찰과 해법(김경복)으로서의 시대정신을 견인했다. 시가 시인을 가둔 '감옥'이라면, 강문출 시인은 감옥에 가둔 시와 동일화된 자신을 지켜보는 노련한 간수가 아닐까? 세 번째 시집 『거미백합』에서는 경험적 사유에서 발현되는 순라의 연민과 자아 성찰의 시세계를 만날 수 있다.

이번 시집은 시의 방향성에 구속되지 않는 탈획일화를 추구한다. 억압된 무의식이나 정체된 자아를 깨고 나오려는 시도를 멈추지 않는다. 이를 전제로 확장되는 강문출 시와 마주하면 기꺼이 몸을 낮춘 민낯의 자아가 타자에게로 스며드는 공감의식을 발견하게 된다. 자기 존재 가능성에서 출발한 공감의 정서는 타인에게로 스미거나 타인을 이끌어 내는 유동적 의지로 작품 전면을 지배한다. 빈방이 없어도 언제든 빈방이 생겨나는 '힐베르트무한호텔'의 역설처럼, 강문출 시의 내면 사유와 서사적 진술은 채워지면 비워지고, 비워지면 다시 채워지는 범속한 삶을 통해 미학적 일상성을 구축하고 있다. 내적 승화에 집중하는 60여 편의 시들은 연민과 성찰의 곡진한 일상성에 여백을 달아낸 감성 이미지의 방을 무한으로 제공한다.

2. 순라純裸의 미, 완숙한 사랑의 연민

사랑만큼 복잡 미묘한 감정이 있을까. 사랑은 정신세계에 지대한 영향을 미치는 마음의 움직임이다. '밥'과 같은 사랑(에리히 프롬:Erich FrommErich Pinchas Fromm)의 영감은 현대인에게 공감을 얻을 수 있는 필연의 정서로 예술의 큰 부분을 차지한다. 강문출 시에서 '사랑'을 중심축으로 펼치는 직접적인 서술은 '서정주'가 보여준 '순라의 미'와 부합한다. 이는 '사랑'의 속성을 직관으로 진술하는 네루다(Pablo Neruda)의 사랑가와도 닮아 있다. '그대의 슬픈 눈가에서 시인의 영혼이 다시 태어난다(『스무 편의 사랑의 시와 한 편의 절망의 노래:네루다, 1924)』)'는 구원과 위안의 시적 감수성에서 강문출 시인이 노래하는 사랑가가 오버랩되는 것은 우연이 아니다.

새를 좋아하게 된 것을 운명이라 정의한다 새는 교집합으로 말하고 나는 합집합으로 듣는다 새에게는 놀이터인 하늘이 내게는 감옥이 될 때가 있다 새는 제 안이 궁금하고 나는 내 밖이 궁금하다 괄호 밖을 지우려 했는데 그곳에 내가 있었다 현실과 이상이 충돌했지만 아무 일도 일어나지 않았다 나는 새를 가두려 하고 새는 스스로 갇힌 나를 즐긴다 이건 둘만이 아는 비밀이다 새장이 그 증거이다 만약 새장을 부순다면 새와 나는 하나가 될 수 있겠습니까? 새는 언제부턴가 나의 피조물이 되었고 나는 처음부터 새의 모르모트였다 숱하게 폐기된 꿈속에서 그 증거를 찾을 수 있다 새장은 분리된다는 이점 때문에 오랫동안 건재할 것이다 그리고 바람은 결코 즐기는 새를 어찌하지 못할 것이다 아무것에도 개의치 않고 아무것도 궁금하지 않을 때가 올 것이다 그때 사랑은 가고 사람만 남는다면

—「사랑을 드로잉하다」 전문

위 시에서는 좋아하는 대상이 '새'로 정의되어 있다. 여기서 새는 당신이나 그녀 또는 시가 되어도 무방한 무한의 상징성을 가진다. 시적 주체는 사랑하는 대상을 '새'로 정의해 상투성을 벗어날 뿐 아니라, 서로 합일되기 어려운 사랑을 관조의 시선으로 바라볼 수 있도록 확장해 나간다. 화자는 새를 좋아하게 된 것을 운명으로 받아들인다. 새는 교집합으로 말하기 위해 공통 분모를 찾지만, 자신은 운명적으로 좋아하게 된 새의 말 전부를 포용하는 합집합으로 듣는다.

새는 한 걸음 밖에 서서야 온전히 보이는 사랑의 상징적 대상이다. 하늘 아래 같이 살지만 가까이 있는 듯 멀어지는 사랑. 새가 자유롭게 노니는 '하늘 놀이터'가 화자에게는 '감옥'이 될 때가 있다. 시적 주체는 새를 가두려 하지만 뜻대로 되지 않는다. 새는 되려 새장 속에 스스로 갇힌 화자를 즐기고 있다. 누군가를 좋아하는 현실과 이상은 충돌하면서 나아간다. 자신이 갇힌 새장을 부순다고 해도 새와 하나가 되긴 쉽지 않다. 언제부턴가 새는 화자의 '피조물'이 되었고, 자신은 새의 마루타인 '모르모트'였다고 단언하는 데서 그 단초를 찾을 수 있다. 반복되는 실험을 통해 "숱하게 폐기된 꿈속"에서 찾는다는 증거와 같은 맥락이다.

위 시에서 '새'를 '시'로 환치해 읽어본다. '나'가 새를 좋아하게 된 운명처럼, 시인에게 '시'는 애증의 대상이다. 자신의 영역 안에 두고 싶어도 잡히지 않는 시에 목마른 것이다. 강문출 시인은 기꺼이 시인의 천형에 포획당하기로 자초하고 나선 듯하다. 시인은 스스로 갇힌 '언어의 감옥'에 결박당해서도 시를 즐기는 형국으로 서사를 구축한다. '시'라는 문학 장르를 파괴한다 해도 시에 붙들리는 운명을 즐길 것을 짐작할 수 있다. 시인은 '시'의 '모르모트'가 되어 아무것에도 개의치 않고 목숨을 걸(「매미, 자지러지다」) 만큼 시에 대한 확고한 태도를 보여준다.

처음부터 끝까지 시인이 드로잉하는 '사랑'의 윤곽은 '시'에 대한 순라의 연민으로 드러난다. 절절한 사랑이 가고 사람만 남는다 하더라도 어떤 바람도 즐기는 새, 즉 '시'를 방해할 수 없다. '새'와 '나' 둘만의 비밀을 만들어 사랑을 드로잉하는 시 세계는 하늘 높이 나는 새의 자유와 같다는 것을 실감한다. 영원한 사랑은 없다 해도 이미 사랑에 빠진 운명처럼 뼛속 깊이 시를 즐기는 순간은 시인에게 영원한 곁으로 지속될 것이다. 사랑은 가도 사람이 남듯, 시에 대한 열정이 잦아들어도 '시'가 남는다면.

처음 봤을 때 포켓몬의 식스테일이 떠올랐어요

여섯 개의 희고 긴 꽃잎에 혼이 나갔거든요

저 꽃을 오래전부터 좋아했다는 증거처럼요

벌 · 나비 윙윙대지만 그게 무슨 상관이겠어요

여름날 뭉게구름을 탄 기분이었으니까요

꼬리가 여섯 자란 구미호를 생각했어요

자태가 이국적이라 속뜻을 모를 때가 가끔 있었고요

꽃은 해마다 새로 피지만 나는 늘 처음에 머물러 있어요

오랜 진행형은 활력도 되지만 갈수록 버거워요

꽃은 날마다 사랑을 생활하고 나는 늘 사랑을 공부해요

—「거미백합」 전문

이번 시집의 표제작 「거미백합」이 노래하는 사랑의 외곽선 또한 순수한 나신의 미가 선명하게 드러난다. 거미백합(Spider Lily)은 구미호를 모티브로 여섯 개의 꼬리를 가진 '식스테일'과 닮은 수선화과 외래종 꽃이다. 희고 긴 거미 다리를 연상시키는 독특한 꽃잎 모양의 시각적 이미지는 '포켓몬의 식스테일'에서 '꼬리 여섯의 구미호'로 변주되고 '사랑을 생활하는 꽃'으로 상징성이 확장된다. '나'는 여섯 개의 독특한 꽃잎에 혼이 나갈 만큼 오래전부터 좋아한 꽃이라는 '증거'를 확인한다. 꽃은 때가 되면 늘 피어나지만 '나'는 첫눈에 반한 그 꽃에 머물러 있다. 거미백합은 처음 봤을 때부터 혼이 나가고 오래전부터 좋아했다는 것을 깨닫게 하는 꽃이며, 속뜻을 모를 때가 있었지만 늘 처음에 머물게 하는 꽃이다. '나'에게 거미백합은 "뭉게구름을 탄 기분"처럼 사랑의 파동이 번질수록 버거운 대상이다. '나'는 사랑하는 첫 마음을 감당하기 위해 늘 사랑을

공부할 수밖에 없다.

'사랑'은 먼 데서 오는 것이 아니라(「롬곡옾눞」) 그 어떤 대상보다 가까운 곳에 두고 싶은 연민의 대상이다. 뒤집으면 '폭풍눈물'이 쏟아질 것 같은 '롬곡옾눞'의 절절한 감정이다. 앞의 시에서 '사랑'에 메타포가 걸린 '새'를 '시'로 읽은 것처럼, '거미백합' 또한 '시'로 읽는 건 어떨까? 시가 생활 속의 사랑처럼 태어나듯, 오랜 진행형이 버거운 '나'는 아직도 '시'를 공부해"야 하는 초보 사랑꾼이다. 시인의 고백을 통해 공부에 매진하는 '시'는 애증의 대상이라는 사실을 재확인할 수 있다.

「사랑을 드로잉하다」와 「거미백합」에서 시인의 시에 대한 숭고한 사랑을 확인하게 된다. 강문출 시인의 네 번째 시집쯤에선 "마지막 한 번 울음으로 사랑을 완성하는(「타임캡슐 속의 메모」)" 가시나무새가 되고 싶다는 그의 바람이 이루어질지도 모르겠다. 절차탁마의 시 공부에서 깊어진 시세계가 절창의 문장들을 마지막 울음처럼 쏟아낼 테니.

3. 물아일체적 교감의 자아 성찰

강문출 시의 일상성에는 결핍을 자각한 주체의 모습이 드러난다. 경험적 일상을 시로 형상화할 때 필연적으로 탐색하는 자아 성찰은 근원적 생명 의식이나 실존적 고뇌와 맞물려 있다. 시인의 성정에 윤리적 가치를 지향하는 사단칠정론의 시선이 배어 있기 때문이다. 물아일체의 교감을 통해 자아 성찰이 가능하다는 주장처럼(퇴계), 시인의 자아 성찰 인식은 자신을 투사하여 동일시된 시적 대상과의 교감에서 직접적인 언술로 표출된다. 시적 대상과 소통하는 과정에서 발현되는 가혹한 자기비판이나 자아 성찰은 엄정한 지성의 근거가 될 뿐 아니라 자기 입장의 정당성에 대한 보편성을 획득한다. 자신을 변화시키는 통찰의 힘은 '성찰'이라는 내재적 인식에서 자연스럽게 발화된다.

내 생각의 방에는 여러 개의 서랍이 있다

그중 오래된 하나를 정리하다 검붉은 장미 한 송이를 보았다 모든 꽃들이

그 꽃을 중심으로 꽃병에 꽂혀 있었다

생각의 감옥인 그곳에선 모든 풍경이 간수의 뜻대로 늙어갔다

저 정물화를 걸기 위해 스스로 내 가슴에다 대못을 박았다니!

꽂을 수 없는 꽃을 꽃병에 꽂아놓고 오랫동안 바라본다

그건 슬픈 일이지만 꽃병의 꽃이 더 이상 꽃이 아니라는 걸 알았을 땐 더 슬프다

젖은 휴지를 돌돌 말아 못 자국을 감추는 내 수법을 벽은 어떻게 이해할까

서랍 속의 꽃병과 그 속에서 장미를 꺼내보는 이런 철없음이

아직은

'나'여서 나는 좋다

—「아직은」 전문

화자는 생각의 방에 있는 서랍을 정리하다 검붉은 장미 한 송이를 발견한다. '한 송이 검붉은 장미'는 허상의 욕망을 상징하는 관념의 대상이다. 꽂을 수 없는 꽃은 꽃병의 주체가 되어 중심에 꽂혀 있다. 중심이 된 '정물화'의 이미지는 벽에 걸린 풍경이며 '생각의 감옥'에 갇혀 "간수의 뜻대로 늙어"갈 뿐이다. "꽂을 수 없는 꽃"을 꽃병에 꽂고 오래 바라보는 일은 슬프다. 하지만 더 슬픈 건 꽃병의 꽃이 더 이상 꽃이 아니라는 진실을 알았을 때다.

화자는 잡을 수 없는 욕망을 위해 스스로 대못을 박는 행위와, 젖은 휴지로 그 못 자국을 감추려 했던 얄팍한 수법을 돌아본다. 변명을 앞세우던 마음의 사각지대를 찾기 위해 이리저리 얼굴을 돌리느라 후끈해진(「사각지대」) 화자는 허상에 뺏긴 마음을 성찰과 반성의 계기로 삼는다. 서랍 속의 꽃병과 장미를 꺼내보는 철없음을 자각하는 것이다. 하지만 화자는 자신의 철없는 모습 그대로가 좋다는 솔직한 태도로 포용의 시선을 견지한다. 물신주의나 현실적 고정관념에 동조하는 현실 중심의 관점을 개인 중심의 관점으로 확장하는 자신감을 확인할 수 있다.

> 무화과를 좋아하게 되었어요
> 꽃을 감추고 사랑을 완성하는 비법이 알고 싶었거든요
>
> …(중략)…
>
> 저기, 뜻 모를 웃음으로 만인을 설레게 하는 그림이 있고
> 나는 늘 나 때문에 힘들어요
>
> —「무화과 엽서」 부분

위 시의 무화과는 뜻 모를 웃음 같은 '모나리자 미소'로 설레게 하는 그림 속의 열매다. 화자는 무화과가 그려진 엽서를 보

며 "무화과를 좋아하게 되었"다고 말한다. 꽃을 감추고 사랑을 완성하는 비법을 무화과에게 배우고 싶었기 때문이다. 자신은 무화과처럼 감출 꽃도 없고 사랑을 완성하지도 못하는 부족한 사람임을 인지하고 있다. "절규하는 사람에게 더 마음이 가"는 때였고, 날아도 발이 바닥을 벗어나지 못하는 힘든 때였다. 화자는 "뜻 모를 웃음으로 만인을 설레게 하는 그림" 앞에서 작아지는 자신 때문에 힘들다고 토로한다. 꽃을 감추고도 성공적인 사랑을 완성하는 무화과를 닮고 싶지만 사랑에 서툴기만 한 자신에게서 원인을 찾는 것이다. 이를 통해 '무화과 엽서' 속의 무화과와 교감하는 물아일체적 자아 성찰 의식을 만날 수 있다.

4. 슬픔을 잘라내는 내밀한 시적 발화

시는 인식의 통로이자 출구이므로 자신을 찾아가는 방랑의 과정에서(니체:Friedrich Wilhelm Nietzsche) 상처를 소환하게 된다. 시인은 개인적 상처에 보편성을 부여하는 예민한 촉수를 가지고 있다. 시에서 빈번하게 쓰이는 시어 중 하나가 '울음'이다. 세계 바깥으로 추방되는 결핍의 근원적 존재인 시인은 시선을 내부로 돌려 자신의 상처를 대상화한다. 강문출 시를 읽다 보면 소외와 상실의 상처에서 배어나는 울음이나 눈물이 미지와 빈번하게 마주치게 된다.

내가 시들어가던 질경이 잎사귀에 손을 대자 잠시 생기가 도는데 그 작은 떨림이 천상으로 오르려는 마지막 날갯짓 같았습니다 그리고는 울음보다 더 슬픈 웃음을 지었습니다 난생처음 대엿새 쉬었다 가겠거니 하고 병원에 들렀다가 온몸이 망가진 줄도 모르고 대엿새 만에 떠날 줄도 모르고 메스가 제 몸을 헤집었는데도 괜찮다, 괜찮다 웃었습니다

—「질경이꽃」 부분

꽃도 잎도 다 내려놓고 한겨울을 죽은 듯이 웅크렸다 부활하는 뿌리처럼 형도 때가 되면 아무 일 없었다는 듯이 훌훌 털고 일어나겠지요 오는 여름에는 다시 붉게 물들 이 길을 꼭 함께 걸어보고 싶습니다

—「K형」 부분

마음 주머니의 글썽임을 들킨 나는
저만치 강 건너를 흘금흘금 보다 들킨 나는
큰 발견이나 한 듯 한마디 했다
아마 우리는
애초부터 물의 유전자를 갖고 태어났을 거야

어둠이 내리자
그의 손을 서너 번 더 잡다 나왔다

눈앞이 캄캄해 눈물을 훔치고 바삐 걸었다

슬픔을 잘라내는 최고의 도구가 눈물인 것처럼

—「슬픔을 잘라내는 최고의 도구가 눈물인 것처럼」 부분

위 시편들의 중심에는 시들어가는 질경이꽃처럼 중환자실에 누워 대엿새 만에 떠날 줄도 모르고 웃던 그(「질경이꽃」), 일인실에 숨어 앉은 암자처럼 고요한 그(「슬픔을 잘라내는 최고의 도구가 눈물인 것처럼」), 아픔을 혼자 감내하려는 그(「오래된 농담에 등을 기대다」)처럼 건강을 잃은 '그들'이 있다. 아픈 이들을 생각하며 "눈물을 훔치"는 행위에는 동병상련의 심경이 투영되어 있다. 화자는 "마음의 집인 몸이 허물어지"는 "여린 꽃"의 마음을 드러낸다. 때가 되면 아무 일 없었다는 듯 일어날 거라고 믿는 K형과 붉게 물든 여름길을 같이 걷고 싶은 것이다. 몸이 허물어진 그들이 "훌훌 털고 일어"나 건강한 집으로 돌아갔으면 좋겠다는 바람에는 화자가 투병의 상처로 고뇌했을 상실의 시간이 시적 대상과의 교감으로 이입되어 있다.

대엿새 만에 떠난 '질경이꽃'이나 함께 걸을 수 없는 'K형'이 상징하는 이미지는 투병에서 완치된 시인 자신의 모습으로 다가온다. 강문출의 시편들에서는 "억척 같이 살아온 반백의 박복한 시간"들을 이겨내고 병마의 고통에서 벗어나기를 바라는 마음이 고스란히 녹아 있다. 화자는 이렇게 아픈 "우리"는 "애

초부터 물의 유전자를 갖고 태어났을" 거라 단언한다. "캄캄"한 눈물을 훔치며 "슬픔을 잘라내는 최고의 도구가 눈물"이라고 생각하는 것이다. 자전적인 위 시편들에서 시인이 흘리는 눈물은 병마와 죽음에 대해 연민하는 시인의 진솔한 감정이다. 이는 고통을 승화시키는 치유의 역할을 한다.

강문출의 시에서는 다양한 관계를 형상화하는 시편들을 만나게 된다. 인연이 연인이 되어버린(「인연과 연인」) '시'라는 예술이나, 내내 설레게 하는 한 줄기 바람 같은(「애인」) '여자'나, 각별한 애정과 존재감을 드러내는 '부모'와의 관계에서 파생되는 심상을 짐작할 수 있다. 관계를 드러내는 시 중에서 가족시는 원초적 관계의 결속과 향수를 불러낸다. 다음의 시편들에서는 사회적으로 형성된 여타의 가치를 차치하고 '가족'이라는 관계의 무게를 생각하게 한다. 가족은 가늠할 수 없는 가치를 지니고 있어 내밀한 시적 발화가 이루어질 수밖에 없다. 부모의 부재를 확인하는 쓸쓸한 연민은 돌이킬 수 없는 시간을 자각하는 데서 시작된다. 슬픔과 외로움을 공명하는 고독한 심사는 시인을 한층 성장하게 만든다.

한참을 따라가다 보니 힐베르트무한호텔에 닿았다
소지품은 카프카의 변신
무거웠다

아버지를 부정하며 아버지를 지참했다

— 「나비에게 길을 묻다」 부분

내일을 걱정한 아버지는 가실 때 지장보살을 찾으셨고 지금을 사랑한 어머니는 가실 때 가까운 사람들을 찾으셨다 무식한 어머니가 유식한 아버지를 크게 한 방 먹이고 가셨다 오래 살아 있다는 유세로 나도 어머니께 한 방 먹이신다 한 조리의 성취를 싹 엎어버리지 않는다면 무슨 재미로 또 조리질을 하겠습니까

— 「조리복」 부분

「나비에게 길을 묻다」에서 하루살이와 매미의 한 살이를 빌어 절대자이기도 한 아버지를 불러낸다. 천일을 물속에서 견딘 하루살이는 일주일의 생을 지상에서 보낼 수 있고, 일곱 해를 땅속에서 견딘 매미가 지상에서 보낼 수 있는 생은 한 달이다. 그들의 인내는 사랑을 완성하고 후대를 잇기 위한 절규의 몸짓이다. 화자는 애벌레들의 생을 따라가다 무한의 방을 생성하는 '힐베르트무한호텔'에 닿게 된다. 하루살이와 매미의 희생처럼 후대를 위해 바닥난 사랑까지도 무한으로 내어주는 아버지의 사랑은 수학자 힐베르트(David Hilbert)가 제기한 무한호텔의 신비로운 역설과 닮아 있다.

화자는 소지하고 있는 '카프카의 변신'이 "무거웠다"고 털어

놓는다. 인간 실존의 허무와 절대 고독을 주제로 하는 『변신』은 본인 의도와는 상관없이 벌레로 변신한 주인공이 등장한다. 가족과 단절된 '그레고르 잠자'를 통해 수십 년째 가슴에 잠든(「꿈길」) 아버지를 부정하면서도 지참할 수밖에 없다는 역설의 인식을 보여준다. 아버지는 현실의 한계에 부딪친 급급한 삶으로 가족을 챙기지 못했지만 없는 방까지도 만들어주는 무한한 사랑의 존재다. 화자는 조건 없이 베푸는 아버지의 사랑 앞에서 시들지 않는 조화로 꽂혀 있을 바에는 '빗돌'이 되겠다고 뒤늦은 자식의 도리를 맹세한다. 조화 한 묶음밖에 되지 못하는 자신이(「조화를 갈아 꽂으며」) 가야 할 길을 지혜의 상징인 '나비'에게 묻는 것이다. 자식도 부모도 내주는 마음이 부족하다고 생각하는 그 마음 자체가 온전한 '사랑'이 아닐까?

「조리복」에서는 아버지의 생을 통해 어머니의 지난한 삶을 짐작할 수 있다. 조리로 쌀을 이는 어머니는 한 조리를 솥에 엎을 때마다 조리 속의 풍요를 엎어버리던 아버지의 삶을 들먹이신다. 살만하면 노력의 결과를 팽개치던 아버지가 "딸랑 오십"에 저 세상으로 가버렸을 때 어머니는 견디기 힘든 시간을 보냈을 것이다. 화자는 '지장보살'을 찾던 아버지보다 '가까운 사람'을 찾던 어머니가 지혜롭다고 생각한다. 그런 어머니가 늦깎이로 문학에 목을 매는 아들에게 조리복을 들먹이신다. 어머니는 아버지가 지나온 실패의 시간을 알고 있기에 아들의 곁눈질을 염려할 수밖에 없다. 어머니께 시인은 한 조리의 성취도 엎었을 때 다시 채울 수 있다고 조리질 "한방 먹이시"며 다짐한다. "오래 살아 있다는 유세"로 시를 즐기는 시인은 인연이 연인인 것처럼 빚진 글빚을 갚으며 뚜벅뚜벅 예술 안으로 걸어가겠다고(「인연과 연인」).

5. 경험적 사유로 채워가는 첫방

강문출 시는 개성적인 언어 운용으로 활달한 이미지 변주를 보여준다. 솔직하고 세밀한 시의 눈으로 자신을 통과하는 시적 대상들을 응시하며 감각적인 시세계를 구축한다. 비애와 고통을 독서와 저술로 극복한 '다산'처럼, 시인은 자신의 존재 이유를 운명적 시 창작으로 승화한 것이다. 이번 시집 『거미 백합』에서는 사소한 사건이나 관계에서 발생하는 감정의 진동이 예민하게 느껴진다. 부재의 그리움이나 일상의 고달픔 같은 전일적 삶의 고뇌를 감내하는 포용의 가치를 담지하고 있다.

강문출 시인이 응시하는 연민과 자아 성찰은 시적 감수성을 지탱하는 힘이다. 삶의 중심에 '시'를 세우는 시인에게 경험적 사유는 정신적 뿌리다. 시인은 낯설고 다르게 표현하기에 목숨을 걸 뿐만 아니라(「젠가 홀릭」), 활달한 상상력이나 모험적 도전을 초월한다. 내밀한 깨달음을 통해 능동적 아름다움을 내포한 일상의 궤적을 진솔한 서사로 형상화한다.

강문출 시인의 내공으로 탄생하는 끝방은 사색과 사유에서 발현되는 일상성으로 채워져 있다. 체험적 시세계에 투영된 시인의 가치관은 이별의 바깥이나 그리움의 건너편으로, 다시 사랑과 당신에게로 닿는 나침반 역할을 한다. 시인이 초대한 마지막 방에는 흥미로운 이야기들이 넘쳐난다. 누군가 보쌈해 간 제 그림자나(「그림자를 보쌈하다」), 초여름밤 바리데기 굿판에서 어깨에 돋은 별이나(「아름다운 착각」), 연못에 심는 눈물꽃(「비꽃」) 같은. 우리가 머물 그 끝방은 물의 유전자에서 탄생하는 무한한 첫 방이 될 것이다.▨

| 강문출 |

부산 기장 출생. 한국해양대학교 대학원 무역학과 박사 과정을 수료했고, 2011년 『시사사』로 작품 활동을 시작했다. 시집으로 『타래가 놀고 있다』 『낮은 무게중심의 말』이 있다. 부산작가회의 회원으로 활동 중이다.

이메일 : ilsungk2002@naver.com

현대시 기획선 113
거미백합

초판 인쇄 · 2024년 11월 1일
초판 발행 · 2024년 11월 5일
지은이 · 강문출
펴낸이 · 이선희
펴낸곳 · 한국문연
서울 서대문구 증가로29길 12-27, 101호
출판등록 1988년 3월 3일 제3-188호
편집실 | 서울 서대문구 증가로31길 39, 202호
대표전화 302-2717 | 팩스 · 6442-6053
디지털 현대시 www.koreapoem.co.kr
이메일 koreapoem@hanmail.net

ISBN 978-89-6104-369-4 03810

값 12,000원

* 이 시집은 2024년 부산광역시, 부산문화재단 지역문화예술특성화지원사업의 지원으로 제작되었습니다.